Domitille de Pressensé

émilie
attend le père noël

Mise en couleurs : Guimauv'

demain, c'est noël !
il y aura plein de
cadeaux sous le sapin !

quelle chance !
je suis trop contente !

papa entre
et dit :
émilie et stéphane,
si vous voulez
que le père noël
passe cette nuit,
il faut aller dormir !

déjà ?!

on peut rester encore ?
juste un petit peu...

d'accord,
répond papa.
mais vous sortez
du salon.
et il ferme la porte.

viens stéphane,
on va voir dehors
si le père noël arrive.

c'est tellement magique,
la nuit de noël !

mais pourquoi le père
noël n'est pas là ?!
demande émilie.

pff ! c'est normal, émilie ! les enfants ne peuvent pas voir le père noël.

oui, mais cette fois c'est différent, j'ai un cadeau pour lui. regarde !

et hop, surprise !

je suis sûre que le père noël croira que je suis un vrai renne.

oh, il est super ton
déguisement, émilie !

oui ! et comme ça,
je pourrai lui offrir ma
boîte de bisous.

tu restes avec moi,
stéphane ?

quand le père noël
arrivera, je lui donnerai
mon cadeau.

c’est quand même long
d’attendre...

c'est trop fatigant,
dit stéphane.
je vais me coucher.

moi, je reste ici,
dit émilie.

je veux donner mon
cadeau au père noël...

mais émilie,
tout doucement,
s'endort...

quoi, c'est le matin !
comment je suis arrivée
dans mon lit ?

et où est ma tête de renne ? et mon cadeau pour le père noël ?

oh, un grand cœur !

on dirait que ça vient
du père noël...

stéphane ! tu as vu
le beau dessin ?

tu crois que c'est
le père noël qui l'a fait
pour moi ?

mais oui ! il te dit merci
pour ton cadeau !

alors, ça veut dire que
le père noël m'a portée
dans mon lit ?!

et aussi qu’il a mis nos cadeaux sous le sapin ?

vive noël !

Mise en page : Guimauv'
www.casterman.com

ISBN 978-2-203-06454-6
N° d'édition: L.10EJDN001141.N001
Achevé d'imprimer en juillet 2013, en Chine.
Dépôt légal : octobre 2013 ; D.2013/0053/393
Déposé au ministère de la Justice, Paris (loi n°49.956 du 16 juillet 1949 sur les publications destinées à la jeunesse).